MONIKA MARON

HERR AURICH

Erzählung

Hoffmann und Campe

1. Auflage 2023
Neuausgabe

www.hoffmann-und-campe.de
Erstveröffentlichung: S. Fischer Verlag GmbH,
Frankfurt am Main, 1982
Umschlaggestaltung und Illustration:
Vivian Bencs © Hoffmann und Campe
Satz: Dörlemann Satz, Lemförde
Gesetzt aus der Adobe Caslon Pro
Druck und Bindung: Hubert & Co., Göttingen
Printed in Germany
ISBN 978-3-455-01548-5

HOFFMANN
UND CAMPE

Ein Unternehmen der
GANSKE VERLAGSGRUPPE

I

Der Kraftfahrer öffnete Herrn Aurich, der aus bekannten Gründen nur die hintere Sitzbank benutzte, die Wagentür, nahm Herrn Aurichs Aktentasche, überholte Herrn Aurich auf dem Weg zum Gartentor und öffnete es mit einem geübten Griff durch die Gitterstäbe, ehe Herr Aurich das Tor erreicht hatte. Inzwischen öffnete Frau Aurich, alarmiert durch das Klappen der Autotüren, die Haustür, durch die mit einem unartikulierten Brummen, das von Frau Aurich ohne Zögern als Gruß verstanden wurde, Herr Aurich trat und nach ihm der Kraftfahrer mit der Aktentasche. Na, morgen wie immer, Friedrich, sagte Herr Aurich zu dem Kraftfahrer, und der Kraftfahrer sagte, ist in Ordnung, Chef. Und Frau Aurich sagte, denkst du an die Wäsche, Friedrich, die muss morgen abgeholt werden, und der Kraftfahrer sagte, geht klar, Chefin. Frau Aurich schloss hinter ihrem Mann die Tür. Der Kraftfahrer hatte Feierabend und durfte mit dem Auto, das nun ihm gehörte, nach Hause fahren.

Herr Aurich fühlte sich nicht wohl. Ihm seien die

Arme schwer und auch das Herz, sagte er, während er von der Hühnerbrühe schlürfte, die seine Frau ihm gekocht hatte.

Das ist das Wetter, sagte Frau Aurich, sie haben ein neues atlantisches Tief angesagt, das bekommt dir nie, du solltest früh schlafen gehen.

Herr Aurich widersprach nicht, schlürfte noch einmal von der Hühnerbrühe, ließ den Löffel missmutig in den noch halb vollen Teller fallen, sodass die Brühe über den Rand spritzte.

Frau Aurich dachte, dass sie gut daran getan hatte, die kochfeste Decke aufzulegen, verzichtete aber darauf, ihren Mann zurechtzuweisen. Er sah ihr auffällig farblos aus, und erst vor zwei Wochen hatte der Arzt mit ihr über die bedenklichen Herzrhythmusstörungen ihres Gatten gesprochen. Sie befreite sich von dem Anblick der hässlichen Fettflecken, indem sie wortlos eine Serviette darüberdeckte. Willst du noch ein Bier, Erich?, fragte sie. Aber Herr Aurich mochte kein Bier, und auch die Zigarette drückte er aus, ehe er sie bis zur Hälfte geraucht hatte. Geh schlafen, Erich, sagte Frau Aurich, auch angetan von dem Gedanken, unter diesen Umständen doch noch den Film mit Heinz Rühmann sehen zu können statt des langweiligen Fußballspiels.

Nachts erwachte Herr Aurich von einem brennenden Schmerz auf den Bronchien und würgender Übelkeit. Er richtete sich auf, fiel sofort wieder auf den Rücken, bleischwer war sein Körper, insbesondere die Arme, dazu die Übelkeit. Hilde, stöhnte Herr Aurich. Frau Aurich hatte einen leichten Schlaf und erwachte schnell. Erich, was ist?

Hilde, stöhnte Herr Aurich noch einmal. Der brennende Druck auf seiner Brust presste ihm die Augen aus den Höhlen und ließ ihm keine Luft zum Atmen. Herr Aurich fühlte den Tod.

Frau Aurich hatte sofort den kleinen roten Plasteeimer neben Herrn Aurichs Bett gestellt, aber Herr Aurich, selbst in Todesangst schamhaft, bestand darauf, ins Bad geführt zu werden, denn neben dem Brechreiz fühlte er inzwischen einen zwanghaften Drang, seinen Darm zu entleeren. Auch der Wunsch, seinem entsetzlichen Zustand davonzulaufen, trieb ihn aus dem Bett. Frau Aurich stützte ihren schweren Mann, so gut ihre Kräfte es zuließen, setzte ihn behutsam auf die Toilettenbrille, holte schnell den kleinen roten Plasteeimer aus dem Schlafzimmer, stellte ihn Herrn Aurich zwischen die zitternden Beine und lief zum Telefon.

Der Rettungswagen kam nach zehn Minuten, nach weiteren zehn Minuten steckte in Herrn Aurichs Arm eine dicke Kanüle, durch die lebenserhaltende Flüssigkeit aus einem Tropf in Herrn Aurichs Adern floss.

Nachdem für Herrn Aurich sechs Tage lang alles getan worden war, was die medizinische Wissenschaft gegen den Einbruch eines Herzinfarkts in den menschlichen Organismus derzeit tun kann, war Herr Aurich wieder transportfähig und wurde in einer mehrstündigen Autofahrt nach Berlin überführt, wo er in dem einzigen Krankenhaus für verdiente Personen aufgenommen wurde.

II

Erst als Herr Aurich zu glauben begann, dass er überlebt hatte, wagte er darüber nachzudenken, wie nah der Tod ihm gekommen war. Er lag in dem kühlen weißen Bett seines Einzelzimmers und grübelte, warum das Schicksal gerade an diesem Tag, und nicht an einem beliebigen anderen, über ihn gekommen war. Stück für Stück setzte er den Tag aus der Erinnerung zusammen, ohne eine aufregende Besonderheit an ihm zu entdecken. Er war um acht ins Büro gefahren wie immer, hatte die Frühbesprechung geleitet, war am Nachmittag in das wichtigste Werk des Bezirks gefahren, um dort vor den Gewerkschaftsfunktionären zu sprechen. Während der Rede überkam ihn ein leichtes Schwindelgefühl, das aber schnell wieder verging und von ihm nicht sonderlich beachtet wurde. Auf der Heimfahrt fühlte er sich erschöpft und müde, aber das kam in der letzten Zeit öfter vor und war, dachte Herr Aurich, kein Wunder, wenn man an seine große Verantwortung dachte und an sein fortgeschrittenes Alter. Vor zwei Monaten war er siebenundfünfzig geworden, und Herr Aurich hatte daran gedacht, dass die Sechzig tiefer in sein Lebensgefühl einschneiden würde als die Fünfzig. Und er hatte darüber nachgedacht, wie wohl die anderen den körperlichen Verfall bewältigten, die mit der noch größeren Verantwortung, die zudem zehn oder zwanzig Jahre älter waren als er. Herr Aurich hatte es sich nicht erklären können. Aber vielleicht stimmt es, dachte er jetzt als Insasse des Krankenhauses für verdiente Personen, vielleicht war etwas dran an dem Gemunkel, dass da nämlich nachgeholfen wurde mit Hormonpräparaten oder sonst irgendeiner Art von Frischzellentherapie. Leichte Kränkung empfand Herr Aurich bei dem Gedanken an eine derart ungleiche Behandlung von höchsten und hohen Verantwortlichen, dann aber bedachte er die Devisenlage und die leider noch systemimmanente Ungerechtigkeit der Übergangsphase. Ganz sicher waren die Gerüchte auch haltlos. Aber wer weiß, dachte Herr Aurich, vielleicht war er auch hier, um auf diese Weise behandelt zu werden. Warum sonst hätte man ihn nach Berlin bringen sollen. Herzinfarkte konnten heute überall behandelt werden, und ein Einzelzimmer mit Telefon und Fernsehapparat stand ihm auch in dem Krankenhaus seines Bezirks zur Verfügung. Bestimmt war es so: Man hatte Besonderes mit ihm vor. Der zwangsläufig folgende Gedanke ließ eine heiße Welle aus Herrn Aurichs Bauch in Herrn Aurichs Kopf steigen – ein Gefühl, das Herr Aurich aus seiner Jünglingszeit kannte, seitdem aber fast vergessen hatte. Er kniete sich auf, sodass er vom Bett aus in den Spiegel über dem Waschbecken sehen konnte, und fand darin bestätigt, was er geahnt hatte: Er war errötet. Herr Aurich nahm sich vor, den Gedanken, der das Erröten hervorgerufen hatte, noch einmal zu denken, diesmal kühler und sachlich, wie es Herrn Aurich und dem Gedanken geziemte. Wenn also, dachte Herr Aurich, seine Gesundheit so wichtig war wie die der höchsten Verantwortlichen, war die Vermutung nicht abwegig, dass man vorhatte, auch ihn, Herrn Aurich, in höchste Verantwortung zu berufen. Trotz strenger Maßhaltung der Gefühle überflutete Herrn Aurich zum zweiten Mal die heiße Welle, und als die Schwester kam, um die Medikamente zu bringen und Herrn Aurichs Puls zu fühlen, zog sie, Besorgnis demonstrierend, die Augenbrauen zusammen. Aber, aber, Genosse Aurich, Sie wollen uns doch keinen Kummer machen, sagte sie, und Herr Aurich versprach ihr, dergleichen nicht zu wollen.

In den folgenden Wochen mühte sich Herr Aurich voll Eifer um seine Genesung. Er schonte sich nicht bei der Gymnastik, vermied aufregende Gedanken, nahm sich sogar vor, den Rat des Arztes zu beherzigen und auch nach seiner Entlassung aus dem Krankenhaus nicht mehr zu rauchen. Über jedes Medikament, das ihm in fester oder flüssiger Form verabreicht wurde, zog Herr Aurich umfassende Informationen ein: Indikation, durchschnittliche Dosierung, Herstellungsland. Das Herstellungsland schien Herrn Aurich besonders aufschlussreich zu sein, und dass drei der ihm verordneten Präparate aus dem nichtsozialistischen Wirtschaftsgebiet stammten, demzufolge in harter Währung bezahlt worden waren, nahm Herr Aurich als ein gutes Zeichen. Für die Spezialbehandlung war er vermutlich noch zu schwach, dachte Herr Aurich. Er wollte nicht ungeduldig werden. Hin und wieder gönnte er sich Zukunftsvisionen. Still lächelnd in der Einsamkeit seines Einzelzimmers träumte Herr Aurich von Schlagzeilen auf ersten Zeitungsseiten: Regierungsdelegation unter Leitung von Erich Aurich nach Mali abgeflogen. Oder: Erich Aurich sprach zu Vertrauensleuten des … Es folgte die Bezeichnung eines bedeutenden hauptstädtischen Betriebes. Nur selten gestattete sich Herr Aurich dergleichen Ausschweifungen des Geistes und der Seele, denn tief wohnten ihm die mütterlichen Ermahnungen zur Bescheidenheit inne, wie Hochmut kommt vor dem Fall und wer sich selbst erhöht, wird erniedrigt werden. Zweifel an seinem bevorstehenden Aufstieg kamen ihm immer seltener. Nach und nach hatte er Bemerkungen und wenig beachtete Hinweise erinnert, die bei den Treuen mit einem der Höchsten gefallen waren und die nun dem durch die Krankheit sensibilisierten Gemüt des Herrn Aurich ihre bislang unerkannte Bedeutung offenbarten. Zum Beispiel hatte sich L. nach der letzten Begegnung mit den Worten von ihm verabschiedet: Wir sehen uns ja bald in Berlin, Genosse Aurich. Damals hatte ihn dieser Satz gekränkt, denn zu der Tagung der Spitzenfunktionäre der Bezirke war er nicht eingeladen, und somit ließ die Bemerkung des L. auf Bosheit schließen, zumindest aber auf Leichtfertigkeit im Umgang mit den ihm anvertrauten Kadern; oder aber, und das gab Herrn Aurich zu denken, auf eine innerbezirkliche Intrige gegen ihn, in deren Folge er zu dem Spitzentreffen nicht zugelassen worden war. Davon allerdings hätte L. nichts wissen können. Inzwischen stand es für Herrn Aurich fest, dass L. diesen Satz in einer anderen, tieferen Bedeutung ausgesprochen hatte. Wir sehen uns ja bald in Berlin, Genosse Aurich, dazu der Blick von L., der warme feste Blick beim Händedruck. Zwar war L. für seine warmen festen Blicke bekannt, trotzdem war dieser Blick für ihn ein besonderer gewesen, dachte Herr Aurich.

Herrn Aurichs Körper fügte sich schon nach wenigen Wochen der asketischen Lebensweise, zu der Diät, Gymnastik, der Entzug vom Bier, nicht zuletzt auch seine heimlichen Ziele ihn anhielten. Herr Aurich warf acht Kilogramm Fett ab, wodurch die Haut zunächst in unzählige schlaffe Falten fiel, die Herr Aurich mit Bürstenmassagen und Wechselbädern bekämpfte. Sein Gesicht bekam fast hagere Konturen, und wenn Herr Aurich vor dem Spiegel sein leicht fliehendes Kinn korrigierte, indem er die untere Zahnreihe vor die obere schob, dazu ein entschlossenes Leuchten in die Augen sog, wusste Herr Aurich nicht mehr, was ihn von einem beliebigen Charakterkopf der Weltgeschichte unterscheiden könnte. Herr Aurich dankte dem unbekannten Umstand, der die Krankheit auf ihn gelenkt hatte, denn wie lange noch, dachte Herr Aurich, hätte er, blind für seine Bestimmung, an ihr vorbeigelebt, statt sich zielstrebig ihrer Verwirklichung zu widmen, um vorbereitet zu sein am Tag X, ja, Tag X, dachte Herr Aurich und fühlte sich zum ersten Mal als der Feldherr seines eigenen Lebens. Den Ärzten und Schwestern galt Herr Aurich als ein seltenes Beispiel disziplinierter und erfolgreicher Genesung. Sie lobten ihn täglich mütterlich und väterlich, was Herrn Aurich mit Stolz und Selbstbewusstsein erfüllte, obwohl er sich auferlegt hatte, die Anerkennung ihm untergeordneter Personen – zu diesen zählte er jedes medizinische Personal – mit angemessener Kühle zu empfangen. Nach sechswöchigem Aufenthalt im Krankenhaus für verdiente Personen wurde Herr Aurich zu einem Gespräch mit dem zuständigen Chefarzt geladen. Ein heftiges Zittern befiel die Beine von Herrn Aurich, über denen zum Glück die Daunendecke lag und die somit der Überbringerin der Botschaft verborgen waren. Danke, sagte Herr Aurich und blieb steif unter der Decke liegen, bis die Schwester das Zimmer verlassen hatte. Sollte er sich ankleiden oder genügte es, wenn er den Bademantel überzog? Herr Aurich entschied sich für vollständige Kleidung. Jetzt würde man es ihm also sagen, wurde auch Zeit, dachte Herr Aurich, weniger als zwei Wochen konnte die Behandlung nicht dauern, nun gut, die Zeit musste er auf sich nehmen. Wie der Arzt es ihm wohl sagen würde, das Thema verlangt schließlich Diskretion, aber der Mann war nicht dumm, auch in verständigem Alter … Herr Aurich stieg in das falsche Hosenbein, sah sich um, ob jemand es gesehen hatte, begriff im selben Moment, dass niemand es gesehen haben konnte, überprüfte reflexartig, wem dieser lächerliche Irrtum wiederum zur Kenntnis gelangt sein könnte, warf die Hose ärgerlich auf das Bett, zog den Bademantel über, zog den Bademantel wieder aus, griff noch einmal nach der Hose, benutzte diesmal das rechte Bein als Standbein und verfehlte, infolge gezielter Konzentration, das richtige Hosenbein nicht.

Der Chefarzt erhob sich von seinem Stuhl hinter dem Schreibtisch, ging schnell mit ausgestreckter Hand auf Herrn Aurich zu, hielt ihn während der Begrüßung an dem Fleck fest, auf dem Herr Aurich stand, sodass der Chefarzt mit der linken Hand die Tür hinter Herrn Aurich schließen konnte. Dann führte er Herrn Aurich, noch immer mit festem Griff um die rechte Hand, zu dem zweiten Stuhl am Schreibtisch, der dem Chefarztstuhl gegenüberstand, sagte: Lieber Genosse Aurich, drückte Herrn Aurich auf den Stuhl, setzte sich selbst und begann, in der bereitliegenden Akte zu blättern. Sah lächelnd auf, sagte: Nun wären wir also so weit. Ja, sagte Herr Aurich und lächelte auch. Es sei nun die Frage, sagte der Chefarzt, ob der Genosse Aurich sich schon kräftig genug fühle. Er fühle sich ausgezeichnet, sagte Herr Aurich schnell. Das freue ihn außerordentlich, sagte der Chefarzt, trotzdem sehe er ein Problem, denn schließlich gebe es ein Interesse, des Genossen Aurichs Gesundheit so sicher wie möglich zu bewahren, um seine Kraft und Fähigkeit der Gesellschaft noch lange zu erhalten. Der Chefarzt machte eine Pause, legte zwei Blätter der Akte um, ohne einen Blick darauf zu werfen. Nicht ungeschickt, dachte Herr Aurich, sehr taktvoll und diskret. Herr Aurich nickte dem Chefarzt ermunternd zu, sagte: Ich verstehe, wobei er die Lider schloss und verstehend lächelte. Es sei kein leichter Infarkt gewesen, sagte der Chefarzt, im Gegenteil, es sei sogar ein schwerer Infarkt gewesen, und es bedürfe auch in Zukunft gewisser Maßnahmen, um einen Wiederholungsfall zu vermeiden. Herrn Aurichs Herz schlug schneller, gleich würde er es sagen. Er hatte also richtig vorausgesehen. Plötzlich, nachträglich erst, wunderte sich Herr Aurich über seine ungebrochene Zuversicht während der letzten sechs Wochen. Und wann wollen wir beginnen?, fragte er den Chefarzt. Der Chefarzt verstand nicht. Ich meine, sagte Herr Aurich, nur leicht verunsichert, wann wollen wir mit der Spezialbehandlung beginnen? Der Chefarzt kratzte sich mit dem linken Ringfinger an der Stirn, sah einige Sekunden ratlos in die Akte, fand sein Lächeln wieder. Die Behandlung, Genosse Aurich, sagte er forsch, ist abgeschlossen. Sie sind auf die richtige Dosierung der

Medikamente eingestellt, in zwei Tagen können wir Sie entlassen.

Herr Aurich fühlte den schrecklich bekannten Druck auf den Bronchien. Nichts anmerken lassen, dachte er, die Frage, die peinliche Frage. Ob ihm nicht wohl sei, fragte der Chefarzt. Ihm sei wohl, sagte Herr Aurich tonlos. Übermorgen könne er entlassen werden, fuhr der Chefarzt fort, nur sei man nach gründlicher Beratung zu der Auffassung gelangt, dem Höchsten Rat im Falle des Genossen Aurich zu empfehlen, ihm eine andere, weniger belastende Funktion zu übertragen, um seine angegriffene Gesundheit zu schonen.

In Herrn Aurich tobte ein Schrei, stürmte gegen die Innenwände seines abgemagerten Körpers, schlang sich um sein krankes Herz und würgte es, presste sich in seinen trockenen Hals, sodass Herr Aurich zu ersticken glaubte. Herr Aurich blieb stumm, der Schrei blieb gefangen. Ich zerspringe, dachte Herr Aurich und fiel in eine abgründige Ohnmacht.

III

Fünf Tage lang lag er unter einem Sauerstoffzelt. Dann, als sein Organismus aus eigener Kraft überleben konnte, trug man ihn zurück in sein Einzelzimmer, wo er stumm und schlaflos die Tage zubrachte. Nur der Chefarzt ahnte, was Herrn Aurichs jähen Sturz in Todesnähe verursacht haben konnte, sprach aber nicht über seine Ahnung aus Furcht, er könne verdächtigt werden, diese Hoffnung in Herrn Aurich selbst geweckt zu haben.

Herr Aurich schrumpfte. Um Hals und Bauch hingen ihm fleischlose Hautlappen, durch die transparenten Schläfen schimmerte blaue Verwundbarkeit. Einzig die Augen, deren Glanz auf Herrn Aurichs Gemütsregungen schließen ließ, wirkten lebendig; und zuweilen schob Herr Aurich in spastischer Verrenkung des Kiefers die untere Zahnreihe vor die obere. In vier Wochen sprach er kein Wort, selbst zu seiner Frau nicht, die ihn an jedem Wochenende besuchte. In der fünften Woche sagte er ihr, sie solle nicht mehr zu ihm kommen, da sie es ohnehin nur ungern tue, worauf

Frau Aurich in Tränen ausbrach. Als sie am darauffolgenden Wochenende dennoch anreiste, teilte Herr Aurich ihr mit, er sei sicher, man würde sein Essen mit einem schleichenden Gift zubereiten. Frau Aurich blieb auch am Montag in Berlin und bat den Chefarzt um ein vertrauliches Gespräch. Gemeinsam gelangten der Chefarzt und Frau Aurich zu der Ansicht, Herr Aurich leide unter einer zeitweiligen, durch seine schwere Krankheit bedingten, geistigen Verwirrung. Trotzdem wollte man vorerst auf die Konsultation des zuständigen Facharztes verzichten, um eine unnötige Publizität des traurigen Umstandes zu vermeiden.

In den Wochen der Sprachlosigkeit verlor Herr Aurich das Bild von der Welt, wie es bislang für ihn gegolten hatte. Erhalten blieb nur das grobe Schema eines blutigen Schachspiels, auf dem sich die großen historischen Kämpfe der Menschheit vollzogen. Aber die kleinere Herrn Aurich zugeteilte Welt, die ihm immer pyramidenförmig erschienen war und in der er gleich unter der schmalen Spitze seinen festen Platz gefunden hatte, geriet ihm in ein formloses Chaos ohne Markierung für oben und unten, hoch und niedrig, breit und schmal. Keine der bisher verbindlichen Zuständigkeiten blieb bestehen, nicht einmal die zu Friedrich, Herrn Aurichs Kraftfahrer, der entgegen der gängigen Bezeichnung kein personengebundener Kraftfahrer war, sondern ein funktionsgebundener, wie Herr Aurich bei dem Versuch, seine Zukunft zu ordnen, erkennen musste. Der Gedanke, einer seiner Untergebenen könne ihm fortan weisungsberechtigt sein, erzeugte in ihm ein Gefühl kränkender Wehrlosigkeit, das Herr Aurich nach langem Grübeln über seinen Zustand als ein Gefühl der Ohnmacht bezeichnete, Ohnmacht im wahren Sinne des Wortes. Ohne Macht. Machtlos. Tiefer noch als der Verlust seiner Funktion kränkte Herrn Aurich der unverhohlene Verrat. Es gab weiß Gott Kränkere als ihn, viel Kränkere, die gestützt werden mussten, wenn sie ans Rednerpult traten, und deren Gesundheit trotzdem nicht der Schonung bedurfte, die man ihm zugedacht hatte. Und als wüsste er nicht, wie solche Dinge vonstattengehen. Dabei war die Sache mit seinem Stellvertreter noch keine zwei Jahre her. Ein paar lumpige Magengeschwüre, ein Gespräch mit dem Arzt unter vier Augen, so einfach ging das. Aber er hatte es geahnt, dachte Herr Aurich, schon damals, als sie ihn von dem Spitzentreffen ausgeschlossen haben, hat er geahnt, dass sie etwas vorhaben gegen ihn. Und L., der Intrigant mit dem schwulen Blick und dem Chlorodontlächeln, hat es gewusst.

Mit der allmählichen Neuordnung seiner Welt, als deren erstes Ordnungsprinzip er die Ohnmacht eingeführt hatte, fand Herr Aurich in die Sprache zurück. Frau Aurich erschrak anfangs über die Grobheit der Ausdrücke, die ihrem Mann plötzlich zur Verfügung standen, obwohl er ein Leben lang auf gute Sprache gehalten hatte. Dann aber nahm sie die Veränderung seiner Ausdrucksweise als Teil der zeitweiligen geistigen Verwirrung, die sie sich, da Herr Aurich sie in seine heimlichen Pläne nie eingeweiht hatte, nicht erklären konnte, sie aber mit Geduld ertrug. Acht Wochen nach seinem zweiten Zusammenbruch wurde Herr Aurich endgültig aus dem Krankenhaus für verdiente Personen entlassen. Die missliche Aufgabe, ihn über seine Invalidisierung zu informieren, hatte der Chefarzt dem Oberarzt übertragen mit der Begründung, Herr Aurich leide vermutlich unter einer krankhaften Antipathie gegen ihn, den Chefarzt.

Herr Aurich indes nahm diesen neuerlichen Schlag mit einer verbissenen Genugtuung hin. Die Pyramide hatte sich umgekehrt, er saß nun in ihrem untersten Winkel und trug die ganze Last ihrer Breite. Herr Aurich dachte an seine tote Mutter und an ihre Mahnung: Wer sich selbst erhöht, wird erniedrigt werden. Vielleicht geschieht es mir ganz recht, dachte er, obwohl es auch dann eine saumäßige Ungerechtigkeit blieb, dass er allein erniedrigt wurde.

Zur Rückführung in seine Heimatstadt schickte die Behörde, der Herr Aurich angehört hatte, den Kraftfahrer Friedrich mit dem grauen Wolga nach Berlin. Tag, Chef, sagte Friedrich. Und Herr Aurich sagte, den Chef kannst du dir sparen. Und Friedrich sagte, na, na, Chef, nur nicht den Mut verlieren, und Herr Aurich dachte, der weiß es schon.

IV

Nach vierzehn Tagen häuslicher Ruhe erwachte Aurich zum ersten Mal um halb elf am Vormittag. Die Tage, an denen er während der letzten vierzig Jahre nach acht aufgestanden war, waren zu zählen. Selbst im Urlaub hatte er Wert darauf gelegt, keine schlampigen Sitten einreißen zu lassen, zumal er nach allzu langem Schlaf häufig schon mit Kopfschmerz erwachte, was ihm als ein Beweis für die Nutzlosigkeit, ja sogar für die Schädlichkeit des Tagschlafes erschien. So misstraute Aurich an diesem Tag auch am wenigsten sich selbst, sondern er schimpfte auf seine neue und kaum getragene Automatikuhr. Auf dem Weg ins Bad begegnete er seiner Frau, die ihn sorgenvoll fragte, ob ihm etwas fehle. Warum soll mir was fehlen, fragte Aurich, und Frau Aurich sagte: Aber es ist fast elf Uhr, Erich. Na und, sagte Aurich, obgleich er wusste, dass seine Frau zu Recht verwundert, wenn nicht gar beunruhigt sein konnte. Aber schließlich war er jetzt Rentner, dachte Aurich, Rentner, wie jeder andere alte kranke Mann, jawohl, das war er jetzt, altes Eisen, der Mohr, der seine

Schuldigkeit getan hatte, und als solcher konnte er so lange schlafen, wie er wollte. Was sollte er auch mit den langen Tagen anfangen. Hilde versuchte ihn fast täglich zu Spaziergängen zu überreden, das wird ihr der Arzt beigebracht haben. Aber was verstand Hilde, die zehn Jahre jünger war und ein gesundes Herz hatte, schon von seiner Müdigkeit in den Füßen und im Kopf. Bis abends um sieben waren es jetzt noch acht Stunden, drei Stunden weniger als sonst. Ab zwölf, wenn er mit dem Frühstück fertig sein würde, waren es sogar nur sieben Stunden.

Aurich aß nur ein weich gekochtes Ei und trank zwei Tassen Kaffee. So würde er um eins, wenn Hilde das Mittagessen auf den Tisch brachte, trotz des späten Frühstücks Hunger haben, und die Ordnung des restlichen Tages konnte erhalten bleiben.

Für die Stunde zwischen Frühstück und Mittagessen zog sich Aurich in sein Arbeitszimmer zurück. Er hätte noch zu tun, sagte er zu seiner Frau und wusste selbst nicht, was sie darunter verstehen sollte, jetzt noch. Aurich versuchte, die Zeitung zu lesen, aber das Interesse, das er während seiner Amtszeit dabei verspürt hatte, stellte sich nicht ein. Die Nuancen, die wortlosen Fingerzeige der Zeitung – wer stand neben dem Oberhaupt, wessen Diskussionsbeitrag wurde auf Seite eins gedruckt und wessen hingegen auf Seite zwei oder sogar auf Seite drei, das Fettgedruckte und das Verschwiegene – interessierten Aurich nicht mehr, richtiger: Er wollte, dass es ihn nicht mehr interessierte. Und der Rest langweilte ihn. Die Leute hatten recht, dachte Aurich, die Zeitung ist schlecht. Er verfolgte das Zittern eines Sonnenflecks auf dem dunkelfarbigen Perserteppich, dachte darüber nach, warum ein Sonnenfleck zittern konnte, bis er erkannte, dass das Zittern von dem Schatten der Zweige herrührte, die in dem Sonnenfleck gefangen waren. Dann geschah etwas Merkwürdiges. Während Aurich auf den Teppich starrte, stakte steifbeinig ein Weberknecht in den Sonnenfleck. Aurichs Herz schlug schneller. Nicht wie sonst bei dem Anblick einer Spinne vor Ekel; es war ein anderes, ein unbekanntes Gefühl, das Aurich erregte. Er stand langsam auf, lief vorsichtig mit angehaltenem Atem einen Bogen um den Weberknecht, sodass er sich ihm von hinten nähern konnte. Als er dicht hinter der ahnungslosen Spinne stand, hob er die Fußspitze und schob sie über das Tier. Das Wort Guillotine fiel ihm ein. Er ließ die Fußspitze langsam sinken, nicht zu langsam, damit die Spinne ihm nicht in letzter Sekunde davonlief, aber auch nicht schnell, sonst könnte er das Geräusch nicht hören, dieses leise

Knacken, wenn der Spinnenkörper unter dem Druck seines Fußes auseinanderbarst. Nach der Tötung setzte sich Aurich wieder in seinen Sessel, wartete, bis er ruhig atmete, und rief seine Frau, die den eklen Leichnam vom Teppich kratzen sollte.

Nachdem Hilde den Weberknecht mit einem Stück Zeitungspapier zwischen den Fingerspitzen aus dem Zimmer getragen hatte, saß Aurich noch eine halbe Stunde in seinem Sessel, wohl und matt nach der Erregung, ohne das Bedürfnis nach einer Tätigkeit zu verspüren. Die verbleibende halbe Stunde bis zum Mittagessen sah er aus dem Fenster. Er verdeckte das Fenster zur Hälfte durch den Vorhang, sodass er bei seinen Beobachtungen nicht beobachtet werden konnte. Aurich konnte aus dem Fenster seines Arbeitszimmers, das in der oberen Etage des Einfamilienhauses lag, drei Gärten einsehen: rechter Hand den Garten der Witwe Z., das hinten angrenzende Grundstück des Chirurgen S. und den zu Aurichs Grundstück diagonal gelegenen Garten von P., Mitarbeiter der Behörde, von der Aurich inzwischen mit Blumen und bemessenen Worten des Dankes verabschiedet worden war. Früher hatte P. ihn öfter auf ein Bier und einen Cognac besucht.

Es ärgerte Aurich, dass keines seiner Beobachtungsobjekte sich ihm von seiner wesentlichsten Seite, der

Vorderfront darbot und dass sich das Haus der Witwe seinem Fensterblick ganz und gar entzog. Dabei war Aurich sicher, dass gerade das Treiben der Witwe für ihn von Interesse gewesen wäre. Er hätte, um genaueren Einblick zu gewinnen, ins benachbarte Schlafzimmer gehen müssen. Dort aber hätte ihn Hilde, die des Öfteren am Tage das Schlafzimmer betrat, um Wäsche zu ordnen und die Betten zu richten, entdecken können, wie er mit dem Feldstecher hinter halb geschlossenen Vorhängen das Haus der Witwe observierte. Was müsste Hilde in solcher Situation denken. Auch aus anderem Grund wäre Aurich eine Entdeckung durch Hilde peinlich gewesen. Er hatte sie früher oft zurechtgewiesen, wenn sie ihm beim Abendbrot die neuesten Affären der Witwe oder die Untaten der Chirurgensöhne berichten wollte. Hilde, hatte er gesagt, auf meiner Schulter ruhen eins Komma drei Millionen Bürger. Wenn ich mich über jeden von ihnen so ereifern wollte wie du über diese vier …

Sätze solcher Art bedauerte Aurich inzwischen. Nicht weil er meinte, Hilde durch sie unrecht getan zu haben, sondern weil er fürchtete, Hilde könnte sie in ihrer Einfalt gegen ihn verwenden, jetzt, da er, oberflächlich betrachtet, und eine andere Betrachtungsart stand Hilde nicht zur Verfügung, Gleiches tat. Hilde würde nicht verstehen, warum er, wenn er die Witwe beobachtete, etwas anderes tat als Hilde, wenn sie die Witwe beobachtete. Während Hilde ihre private Neugier befriedigte, konnte er, Aurich, die Verantwortung, an der er all die Jahre so schwer getragen hatte, nicht abladen wie einen Sandsack. Die Verantwortung, dachte Aurich, wächst dem Menschen an wie ein Buckel. Obwohl das eben gefundene Bild ihn im Augenblick stark beeindruckte, kamen ihm doch Bedenken, ob der Vergleich wirklich gelungen war, denn so besehen wären alle Menschen, die die Verantwortung für ihre Mitbürger übernommen hatten, Krüppel, und das hatte Aurich nicht ausdrücken wollen. Dennoch fand er, war die Verantwortung eher ein Buckel als ein Sandsack. Jeder Vergleich hinkte. Ihm war die Verantwortung als etwas Schweres, zugleich Erhebendes in den Körper eingewachsen, ja, so war es, ein Teil seiner selbst war sie geworden, und keiner würde sie ihm wegnehmen können. Auch wenn sie ihm die Anerkennung nun versagten, würde er sie wahrnehmen, weil er sich von L. und seinen intriganten Adepten nicht einfach wegschubsen ließ von der Verantwortung. Das Fernglas in Aurichs Hand zitterte. Er legte es zurück in die verschließbare Schublade des Schreibtischs, zumal sich heute offenbar ohnehin nichts zu ereignen schien. Es war Mittwoch, und am Mittwoch blieb es bei der Witwe für gewöhnlich ruhig. Die Chirurgensöhne schienen nicht zu Hause zu sein, P.s Frau hatte er hinter ihrem Küchenfenster gesehen, aber sie verhielt sich unauffällig wie immer.

Er würde der Witwe noch auf die Schliche kommen. Insofern hatte Hilde recht: Es war eine Schande, wie sie sich aufführte, seit ihr Mann gestorben war, der einer der verdientesten Männer des Bezirks gewesen war. Seine Asche war kaum erkaltet, als dieser Dienstagmann, wie Hilde ihn nannte, auftauchte. Und Gott weiß, wer noch. Man sollte ihr die Rente entziehen, die Z. ihr hinterlassen hatte, statt zuzusehen, wie sie davon ihr Lotterleben finanzierte. Wenn Aurich sich vorstellte, dass Hilde nach seinem Tode es der Z. gleichtun könnte, mit seiner Rente, die er für jahrzehntelange Ausübung der Verantwortung, nein, die sie für seine jahrzehntelange Ausübung der Verantwortung … Warum überhaupt, dachte Aurich, warum überhaupt sollte Hilde, wenn sie schon länger lebte als er, bestimmt lebte sie länger, eben weil sie nicht die Last der Verantwortung getragen hatte wie er, außerdem war sie zehn Jahre jünger, warum sollte Hilde auch noch tausend oder zweitausend Mark im Monat bekommen, nur weil sie sorglos unter ihm hatte leben dürfen. Vielleicht wartete sie schon auf seinen Tod, um das Leben der Z. endlich führen zu können.

Erich, essen, schrie Hilde aus der unteren Etage. Aurich hasste es, wenn sie so durch das Haus schrie. Konnte sie nicht die paar Stufen nach oben kommen und ihm leise sagen, dass er essen kommen könne.

Erich, essen, schrie Hilde noch einmal.

Ja doch, schrie Aurich zurück, wobei er beide Worte kurz und abgehackt hervorstieß, um seinen Unwillen kundzutun und Hilde endlich Schweigen zu gebieten.

Es gab Rouladen. Das Fleisch war zäh. Das Fleisch war oft zäh, seit er Rentner war.

Das Fleisch ist zäh, sagte Aurich.

Es ist schlecht mit Fleisch in der letzten Zeit, sagte Hilde. Sogar Rouladen gibt's nur unterm Ladentisch.

Aurich kaute schweigend auf dem Fleisch herum, das ihm inzwischen nach Papier schmeckte, erbittert über Hildes Rücksichtslosigkeit. Hilde hatte noch ihre eigenen Zähne und zerkaute mühelos, und wie es schien sogar mit Appetit, die langfasrigen dunkelbraunen Fleischstücke. Sie lässt das Fleisch absichtlich zäh, dachte Aurich. Schmeckt's Erich, fragte Hilde. Als würde dich das interessieren, du freust dich doch, dass du meine auch noch essen kannst, sagte Aurich, schob die Roulade beiseite und quetschte sich einige Kartoffeln mit Soße und Rotkohl zu Brei. Nach dem Essen legte er sich hin, konnte aber vor Ärger über die Witwe und die Rouladen nicht einschlafen.

Dabei war der Verdacht gegen seine Frau Hilde ungerecht, denn Hilde war eine zu ehrgeizige Köchin, als dass sie sich um den Ruhm einer denkwürdigen Mahlzeit freiwillig gebracht hätte. Dass sie dennoch nicht widersprochen hatte, lag an ihrem schlechten Gewissen, das sie ihm gegenüber seit einigen Tagen bei entsprechenden Anlässen empfand. Und der Verdacht wegen der Rouladen war ein entsprechender Anlass. Seit Erich Tag für Tag zu Hause war, hatte Hildes Leben sich verändert. Auch wenn sie Erichs immer noch bedenklichen Gemütszustand als vorübergehend ansah – eine leichte Besserung hatte sie schon beobachtet –, auch dann sah sie sich für die nächsten Jahre um fast alle Freuden ihres Alltags gebracht. Aurich hasste es, wenn Irma, ihre beste Freundin, sie besuchte. Dabei waren die Nachmittage mit Irma immer die nettesten gewesen. Andererseits mochte Erich es auch nicht, wenn sie mehrere Stunden außer Haus war, obwohl er fast alle Stunden des Tages allein verbrachte. Selbst auf seinen nachmittäglichen Spaziergängen durfte sie ihn nicht begleiten, was ihr allerdings nicht unangenehm war, weil Erich ihr ohnehin zu langsam lief und weil diese Zeit die einzige war, in der sie mit Irma wenigstens ungestört telefonieren konnte. Vor drei Tagen, während sie in der Küche saß und grüne Bohnen schnitt, hatte Hilde gedacht, dass sie vielleicht besser lebte ohne Erich und dass es bei Erichs Zustand vielleicht besser für alle wäre, wenn er bald … An dieser Stelle unterbrach Hilde ihren Gedanken. Um Himmels willen, so etwas durfte sie nicht einmal denken, selbst wenn sie recht hätte, nicht. Ohne Hildes Erlaubnis streifte einer ihrer Gedanken schnell noch die Witwe Z., ehe er in Hildes schlechtes Gewissen eingewickelt wurde wie stinkender Fisch in Zeitungspapier. Und dort lag er noch immer mit allen anderen Gedanken, die Hilde beim Bohnenschneiden gedacht hatte. Als Erich sie wegen der Rouladen verdächtigt hatte, war es Hilde vorgekommen, als ahne er etwas von ihren heimlichen und unabsichtlichen Überlegungen, und ihr schlechtes Gewissen hatte sie gehindert, sich angemessen zu empören.

Am Nachmittag regnete es, und Aurich musste auf seinen Spaziergang verzichten. Er beschloss, stattdessen auf der überdachten Terrasse zu lesen. Er griff sich aus dem Bücherregal eines seiner Lieblingsbücher, die Biographie Iwans des Schrecklichen. Aurich liebte Biographien historischer Persönlichkeiten, insbesondere wenn er sie aufgrund historischer Erfahrung und seines wissenschaftlichen Weltbildes als Unterlegene ansehen konnte. Je stärker und despotischer eine solche Persönlichkeit sich Aurich präsentierte, um so erhebender Aurichs Gefühl der eigenen Kraft und seines persönlichen Sieges. Für solcherart literarischen Genuss eigneten sich die Biographien russischer Zaren besser als die deutscher Despoten, was Aurich sich durch den Umstand erklärte, dass die Deutschen ihre Herrscher niemals wirklich und aus eigener Kraft besiegt hatten, wodurch auch er selbst an einem Gefühl nationaler und persönlicher Schwäche krankte, bis er lernte, an den Siegen anderer Völker zu partizipieren, ohne dass ihm der ganze Hintergrund seiner literarischen Vorliebe ins Bewusstsein gedrungen wäre.

Aurich zog sich gegen die Feuchtigkeit die Strickjacke an, die Hilde ihm zu Weihnachten geschenkt hatte, und setzte seinen Strohhut auf. Er betrachtete sich mit dem Strohhut einige Sekunden im Spiegel, nicht ohne das schmerzende Empfinden seiner Ohnmacht. Den Hut hatte er sich eigens gekauft, um während der Maidemonstrationen, die er gemeinsam mit den anderen führenden Funktionären von der Tribüne herab abgenommen hatte, vor der stundenlangen Sonneneinstrahlung geschützt zu sein. Er hatte ihn im

April gekauft, der Hut war nicht billig gewesen. Seiner eigentlichen Bestimmung hatte er nie gedient. Jetzt war er Aurichs Gartenhut. Aurich schlang sich eine Wolldecke um die Beine und setzte sich in den rot-weiß gestreiften Gartenstuhl, den niemand benutzen durfte außer Aurich. Ein nicht genau lokalisierbares körperliches Missbehagen hinderte ihn, das Buch aufzuschlagen und mit der Lektüre zu beginnen. Ein leichter Krampf in der Kiefermuskulatur, ein Reiz in den Ohren, verursacht durch das Gedröhn des Regens, der rheumatische Schmerz in den Kniegelenken, der ihn seit Jahren bei Regenwetter heimsuchte. Aurich wusste nicht genau, was ihn störte, aber er war gestört. Das Buch blieb geschlossen in seiner Hand, und Aurichs Augen suchten unruhig durch den Garten nach einem Objekt, das sie fesseln könnte, fanden nur das gewohnte Bild eines geschorenen Rasens, umsäumt von Hildes Blumen. Früher, dachte Aurich, hatte er diesen Anblick genießen können. Jetzt stieg Gram, fast Wut in ihm auf, wenn er die unveränderte Symmetrie betrachtete, in der die Blumen und Gewächse standen, als sei nichts geschehen seit dem vorigen Sommer. Blühten hochmütig vor sich hin, unberührt von Aurichs Vergänglichkeit, die im Augenblick heftig an seinen Kniegelenken nagte. Wofür ein vorübergehender Fremder, der nichts wusste von Aurichs Leben und seiner Bedeutung, ihn wohl halten müsste, dachte Aurich. Ein alter Mann, in eine Wolldecke gehüllt, mit einem Strohhut auf dem Kopf, zwischen Blumen und Sträuchern. Nichts würde der Mensch ahnen können von dem wirklichen Erich Aurich, der er gewesen war. Vermutlich wäre derselbe Mensch einige Monate zuvor und vorausgesetzt, er hätte dienstlich mit Aurich zu tun bekommen, sehr aufgeregt gewesen, hätte Tage vorher schon die Worte zurechtgelegt, die er Aurich hätte sagen wollen, hätte während des Gesprächs jedes Wort von Aurich abgetastet, ob es einen kleinen Scherz enthielte, über den der Mensch gleich und herzlich zu lachen bereit gewesen wäre. Jetzt würde dieser Mensch an Aurich vorübergehen, gleichgültig oder mitleidig einen Blick auf Aurich werfend, der nichts für ihn war als einer der zu vielen Rentner, die Aurich als Finanzproblem jahrzehntelang das Leben erschwert hatten, einer jener, die die miserable Altersstatistik des Landes verschuldeten. Unwillkürlich schob Aurich die untere Zahnreihe über die obere, wodurch sich der Krampf in der Muskulatur des Kiefers auf den Hals ausdehnte. Während Aurich sich so in den Augen des unwissenden Menschen widergespiegelt sah, wurde sein äußerster linker Blickwinkel von einem schwarzen

Schatten gestreift. Er wandte den Kopf und sah eine triefend nasse Katze, die vor dem Regen unter Aurichs Terrassendach flüchtete. Wieder, wie schon vor einigen Stunden beim Anblick des Weberknechts im Sonnenfleck, überkam Aurich die nun schon bekannte Erregung und begann sein Herz in unmäßigem Tempo zu schlagen. Aurich konnte sich von der Wolldecke nicht so schnell befreien, wie er es wünschte, auch der Schmerz im Kniegelenk zwang ihn aufzustehen statt aufzuspringen, wodurch Aurichs Zustand sich in die Nähe eines Kollapses steigerte. Endlich auf seinen Beinen stehend, war er unfähig, sich von der Stelle zu rühren und seine verbissenen Kiefer voneinander zu trennen, sodass er nur heftig mit den Füßen stampfen und dabei gurgelnde und zischende Laute von sich geben konnte. Die Katze war erschrocken und sprang zurück in den Regen. Wie nach der Tötung der Spinne verfiel Aurich auch jetzt in eine erlösende Mattigkeit, in der er ruhte, bis Hilde ihn zum Abendessen rief. Seit diesem Tag stand Aurich nicht mehr vor elf Uhr auf, die übrige Ordnung des Tages behielt er bei.

V

In den folgenden Wochen versuchte Aurich noch einmal sein Leben neu zu ordnen. Das Ohnmachtsprinzip, zu dem er sich in den stummen Tagen seiner Krankheit bekannt hatte, schien ihm, je länger er nach ihm zu leben versuchte, untauglich und seiner unwürdig. Der Gedanke, in den untersten Winkel der Pyramide zu gehören, quälte Aurich und drängte ihn, sein Wertgefüge zu korrigieren. In der neuen Ordnung war Aurich oben, oder anders: Oben war da, wo Aurich war. Denn seine Bedeutung hatte er nicht durch sein Amt gewonnen, sondern das Amt aufgrund seiner Bedeutung, überlegte Aurich. Somit stand seine Bedeutung weiterhin fest, mit oder ohne Amt. Wenn also oben war, wo Aurich war, wo war dann unten? Bis zum Einbruch der Krankheit hatte Aurich für unten gehalten, wo er sich jetzt befand, im Kreis der Namenlosen, Stimmlosen, denen niemand untergeben war außer der eigenen Ehefrau. Das konnte nun nicht mehr unten sein, und die Aufgabe, eine neue Ordnung zu errichten, schien fast unlösbar. Denn der ehemals untere Ordnungsbereich konnte nicht einfach als Spitze deklariert werden und die Spitze als unten, so simpel ließ sich Aurichs Selbstgefühl nicht wiederherstellen.

Was er suchte, konnte nur in seiner Person zu finden sein, ein geheimes Wissen um den Anspruch, ein Oberer zu sein. Woher sonst hätten die Ersten, damals vor fünfzig Jahren oder früher, ihren Anspruch ableiten sollen, wenn nicht aus sich selbst. Abgesehen von dem Klassenanspruch, den hatten alle. Aber immer hatte es auch Leiter und Führer gegeben. Was hatte sie dazu gemacht? Ein Schlosser oder Maurer fühlte den Anspruch, ein Oberer zu sein, damit muss es angefangen haben, dachte Aurich. Zuerst wurde er ein Oberer unter seinesgleichen, ein Gewerkschaftsführer oder ein Parteifunktionär, später dann weiter nach ganz oben. Aber ehe daran zu denken war, musste der Maurer oder der Schlosser schon gewusst haben, dass er nach oben gehörte. Wie Aurich das von sich wusste.

Da Aurich seinen Versuch, eine gerechtere Hierarchie zu entwerfen, keiner unnötigen Störung aussetzte, vergaß er den Umstand, dass er selbst bis zu seinem fünfunddreißigsten Lebensjahr niemals den Anspruch erhoben hatte, ein Oberer zu sein. Nach dem Krieg hatte er, wie auch vor dem Krieg, als Elektriker im größten Betrieb der Stadt gearbeitet, war später auf eine Gewerkschaftsschule geschickt worden, danach trat er in die Partei ein. Als der Gewerkschaftsvorsitzende des Betriebes plötzlich starb, entsann man sich des gerade gewerkschaftsgeschulten Genossen Aurich. Seitdem war Aurich Nomenklaturkader, was eine Voraussetzung war für den Weg nach oben, auf dem Aurich seit der Mitte der fünfziger Jahre stetig vorangeschritten war.

Eines Nachts träumte Aurich, er sitze in einem Saal, dessen hinteres Drittel durch ein Podest erhöht war. Auf dem Podest stand ein Schreibtisch, an dem Aurich saß. Der Saal, wusste Aurich im Traum, war sein Arbeitszimmer, der Schreibtisch gehörte ihm. Auf dem Schreibtisch stand ein Telefon mit fünf Knopfreihen. Das Telefon klingelte, und einer der Knöpfe leuchtete auf. Aurich nahm den Hörer ab und sagte: Ja, bitte.

Eine männliche Stimme verlangte nach dem Genossen Koblenz.

Hier spricht Aurich, sagte Aurich.

Ich möchte den Genossen Koblenz sprechen, sagte die Stimme.

Hier gibt es keinen Koblenz, sagte Aurich.

Ist da der Saal, fragte die Stimme.

Hier ist der Saal, sagte Aurich.

Die Stimme: In dem Saal wohnt Koblenz.

Aurich: In dem Saal wohne ich.

Die Stimme: Und wo wurde Koblenz begraben?

Aurich: Das weiß ich nicht, ich glaube, hinter dem Steinberg. Wer ist denn da überhaupt?

Dann versuche ich es da, sagte die Stimme, und der, dem sie gehörte, unterbrach das Gespräch.

Aurich erwachte. Er kannte keinen Koblenz, auch der Saal war ihm unbekannt. Aber die Straße, in der Aurich wohnte, hieß Am Steinberg. Aurich gab nicht viel auf Träume, trotzdem lag er noch lange wach, beunruhigt durch die Klarheit des Traums, der bedrückend über Aurichs nächtlicher Einsamkeit hing und sich auch durch das Licht der Nachttischlampe nicht verjagen ließ.

Am nächsten Morgen, nachdem Hilde das Haus zum Einkauf verlassen hatte, nahm Aurich ein sauberes Taschentuch aus dem Schrank, spannte es über die Sprechmuschel des Telefons und wählte die Rufnummer seiner ehemaligen Behörde. Es meldete sich die Zentrale. Aurich wünschte höflich, den Genossen Aurich zu sprechen.

Hier gibt es keinen Genossen Aurich, sagte eine Frauenstimme, die Aurich nicht kannte.

Aber es gab doch einen Genossen Aurich, sagte Aurich.

Möglich, aber jetzt gibt es keinen mehr.

Wissen Sie, wo ich ihn finden kann? Aurich fürchtete sich vor der Antwort.

Keine Ahnung, versuchen Sie es doch mal auf dem Einwohnermeldeamt.

Danke schön, sagte Aurich und legte auf.

So stand es also. Möglich, dass es ihn gegeben hat. Demzufolge ebenso gut möglich, dass es ihn nicht gegeben hat. Und wo soll er gewesen sein in den dreißig Jahren, in denen er entschieden hat über Menschen und Ereignisse, in denen er sich geopfert hat für die anderen bis fast zum Tode. L. kannte ihn, hat ihn gekannt. Vielleicht sagte L. auch schon: möglich, dass es ihn gegeben hat. Aurich wurde übel. Er ging ins Bad, und versuchte zu erbrechen, was ihm nicht gelang, nur verstärkte das Würgen die Übelkeit. Im Spiegel sah er, wie über sein Gesicht schwarze, kreisförmige Schatten tanzten, wodurch sich sein Gesicht von einer Sekunde zur anderen veränderte wie in einem Zerrspiegel, der aus der kleinsten Bewegung eine neue Fratze zerrt. Die Schatten wurden größer. Aurich wusste plötzlich nicht mehr, wie er aussah. Ihm war schwindlig. Ich heiße Aurich, sagte Aurich. Von seinem Gesicht sah er nur noch einen hellen hüpfenden Fleck. Ich heiße Aurich. Es gibt Aurich. Er tastete sich ans Telefon, wählte, wobei er die Ziffern an der Wählscheibe abzählte. Vor seinen Augen flackerte es schwarz. Aurich schrie in das Telefon: Hier ist Koblenz, suchen Sie Aurich. Das ist eine Weisung. Dann ließ er den Hörer auf die Gabel fallen.

VI

Als das Wetter besser wurde, ging Aurich wieder regelmäßig spazieren. In der ersten Zeit hatte er sich unsicher gefühlt auf den Straßen, weil er befürchtete, erkannt zu werden als der, den man von der Verantwortung weggestoßen hatte. Er hatte kaum aufgesehen, um nicht von hämischen oder mitleidigen Blicken getroffen zu werden, bis er bemerkte, dass niemand ihn ansah, weil überhaupt keiner den anderen ansah. Die meisten Leute hielten wie er den Blick gesenkt, hoben sie ihn, trafen ihre Augen die Vorübergehenden höchstens im Bauch oder in der Brust. Streiften sie versehentlich das Gesicht, dann nahmen sie nichts darin wahr. Niemand erkannte Aurich, und Aurich war froh darüber, obwohl er fand, dass es ihn auch hätte kränken können. Vor einigen Monaten hätten sie ihn noch erkannt, vielleicht aber nur, weil er dann Friedrich mit dem Auto dabeigehabt hätte, dachte Aurich.
Aurich ging in das Café am Markt, um einen Mokka und einen Cognac zu trinken. Er suchte sich einen freien Tisch an der Fensterfront. An dem Tisch hin-

ter ihm saß ein junges Paar, das miteinander flüsterte. Vor ihm saßen zwei Frauen um die dreißig. Die eine erzählte der anderen gerade eine offenbar empörende Geschichte. Der Platz gefiel Aurich. Auf diese Weise war er nicht verpflichtet zu sprechen, konnte aber unauffällig und mühelos an dem fremden Gespräch teilhaben.

An der gegenüberliegenden Wand hing ein Bild des Allerhöchsten. Aurich sah dem Allerhöchsten fest in die Augen. Der Allerhöchste lächelte milde auf Aurich herab. Nun sitzen wir wieder in einem Raum, dachte Aurich, Auge in Auge. Die beiden Frauen sprachen jetzt leiser. Aurich hatte vergessen, ein Buch oder eine Zeitung einzustecken. Abwechselnd sah er aus dem Fenster und auf das Bild des Allerhöchsten. Wenn du wüsstest, dachte Aurich, aber du weißt nichts, L., der Heuchler, wird dir nichts gesagt haben. Aurich trank den Cognac in einem Zug und bestellte einen zweiten. Es kam ihm vor, als liege in dem Lächeln des Allerhöchsten ein Spott. Lach nur, dachte Aurich, bis sie es eines Tages mit dir so machen. Und dich erkennen sie überall, dich erkennen sie sogar im Schlaf mit geschlossenen Augen, nachdem du in allen Kneipen, Schulen und Schaufenstern gehangen hast. Du müsstest den Rest deines Lebens im Stubenarrest verbringen, wenn du der Blamage entgehen willst. Da hab ich es besser. Ich kann mich noch umtun, ohne dass sie es merken, wie jetzt, die Damen vergessen mich gleich, dann sprechen sie wieder lauter. Aber du. Siehst du, da vergeht dir dein Spott. Aurich hob sein Glas und hielt es dem Allerhöchsten entgegen. Sehr zum Wohle. Nach dem zweiten Schnaps wich allmählich aus Aurichs Kiefer der Krampf, der sich nach dem Traum von Koblenz nie mehr ganz gelöst hatte. Aurich fühlte sich wohl und bestellte einen dritten Cognac. Hilde würde nicht riechen können, ob es einer war oder drei. Es ging sie auch nichts an, sie verstand nichts von dem Druck, der auf ihm lastete. Der da mit seinem Lächeln verstand das schon besser, der wusste, was das heißt: zur Verantwortung berufen sein, ein Auserwählter wie er, Aurich.

Und alles von drüben, hörte Aurich die aufgeregte Frau vom Nebentisch sagen. Manche haben sogar Klospülung mit Musik, sagt mein Bruder, und der hat's ja jesehn, der hat ja die Gartenanlage jemacht da, also die Blumen und den Rasen, die janze Begrünung eben, verstehste, und die sind ja ooch rinjekomm in die Häuser, allet Teak und Marmor, nur Teak und Marmor, na und dieset braune Glas, kennste ja, wat jetzt immer an die Hotels und so kommt, dit. Du gloobst doch nich, dass die dit intressiert, wenn ick ihnen was von meiner kaputten Sickergrube schreibe. Scheißen Se ins WC, wenn die Grube voll is, wernse zurückschreiben. Könn die sich doch janich vorstelln, wie dit ist, wose mit Opernarien spüln statt mit Wasser. Aurich bedachte die Frau mit einem stummen Lob für ihren gesunden Menschenverstand und die Abneigung gegen kleinbürgerliche Exzesse. Die Werktätigen seines Bezirks hatte er zur Bescheidenheit erzogen, darauf war er immer stolz gewesen. Bescheidenheit ist der Reichtum der Armen, hatte seine Mutter gesagt.

Mein Junge hat jesagt, sagte die Frau, dit Beste wär, er fährt mit zwee Eimern Scheiße nach Berlin und kippt die dem – die Frau zeigte auf das Bild des Allerhöchsten – uff seine Staatskarosse, damit der ooch mal riecht, wiet stinkt.

Beide Frauen lachten laut, und Aurich begriff seinen Irrtum. Nicht an hartherzige kleinbürgerliche Verwandte im Westen oder schlimmstenfalls an ortsansässige Handwerker hatte die Frau schreiben wollen, sondern an die Regierung. Der Regierung gönnte sie Teak und Marmor nicht und diese Wasserspülung mit Musik, ihm, dem Allerhöchsten, dem die Verantwortung vielleicht nur diese wenigen Momente am Tage ließ, sich der Kunst zu widmen, ihm neidete sie das bisschen Behaglichkeit, in die der Mann sein beladenes Haupt lagern konnte. Gewiss würde sie auch ihm, Aurich, sein Haus missgönnen und alles, was drinstand.

Die Frauen lachten immer noch. Das Gesicht von dem möcht ick sehn, sagte die eine. Aurichs Kiefer verspannte sich. Hirnlose Weiber, dachte er, wussten nichts von der Verantwortung und lachten. Aurich sah dem Allerhöchsten in die Augen. Kein Spott darin, nur Verwunderung und Milde. Er hatte die Schmähung gehört und lächelte. Hirnlose Weiber, so hätten sie auch über ihn gelacht, wenn sie ihn erkannt hätten. Staatsfeinde, Attentäter. Vor Aurichs Augen begannen schwarze Schatten zu tanzen, hüpften wie kleine Teufel in wollüstigen Verrenkungen, bogen sich in schamlosem Lachen, sprangen auf dem wehrlosen Lächeln des Allerhöchsten herum. Das soll aufhören, dachte Aurich, das soll aufhören, Aurichs Augen schmerzten. Das soll aufhören. Immer noch das Lachen der Frauen. Hören Sie auf, schrie Aurich. Zitternd stand er neben den Frauen und schrie. Hirnlose Weiber, keine Verantwortung, aber die Rente. Sie lachen über den Allerhöchsten, schämen Sie sich. Er trägt den größten Buckel, was verstehen Sie davon. Staatsfeinde. Das hört auf. Halten Sie den Mund. Oben ist oben, und unten ist unten. Ruhe jetzt.

Einen Augenblick schwiegen die Frauen, sahen sich ratlos und verstört an, suchten die Reaktionen in den Gesichtern der Umsitzenden. Das junge Paar lachte leise, auch die übrigen schienen eher bereit, den Alten komisch zu finden als gefährlich.

Setzense sich hin und mischense sich nicht in fremde Gespräche, sagte die Frau, die vorher die Geschichte erzählt hatte. Von wegen Staatsfeinde, wir sind Aktivisten, sagte die andere. Aurich blieb stehen, versuchte den Kiefer auseinanderzureißen. Wissen Sie, wer ich bin? Aurichs Stimme klang verzerrt. Ich habe die Verantwortung. Ich bin ein Oberer.

Die Frauen lachten, das junge Paar lachte, alle lachten. Das Lachen klang in Aurichs Ohren gewaltig wie ein Meer, das alles verschlang, oder wie ein Sturm, der alles mit sich riss. Die schwarzen Schatten vor Aurichs Augen türmten sich zu einer schwarzen Wand. Aurich sah nichts, hörte nur das Tobende um ihn. Aurich schrie: Feinde, Verräter, Umstürzler. Er ist ein Auserwählter. Ich bin auserwählt. Ruhe. Einsperren, alle einsperren.

Aurich fühlte sich kräftig an beiden Oberarmen gepackt und auf einen Stuhl gestoßen. Hilfe, schrie Aurich, Gewalt, die Konterrevolution, Attentäter. Plötzlich wurde Aurich ruhig. Der Lärm um ihn wich einer leeren Stille, die schwarze Wand vor seinen Augen riss auf, und einen Augenblick sah Aurich klar und scharf die vielen Gesichter mit den stummen lachenden Mündern. Dann fühlte Aurich den grausamen Schmerz in seiner Brust. Er griff sich ans Herz und starb.

Foto: © Sebastian Wells / OSTKREUZ

DIE AUTORIN

Monika Maron, geboren 1941 in Berlin, ist eine der bedeutendsten Schriftstellerinnen der Gegenwart. Sie wuchs in der DDR auf, übersiedelte 1988 in die Bundesrepublik nach Hamburg und lebt seit 1993 wieder in Berlin. Sie veröffentlichte zahlreiche Romane und mehrere Essaybände. Ausgezeichnet wurde sie mit diversen Preisen, darunter der Kleistpreis (1992), der Friedrich-Hölderlin-Preis der Stadt Homburg (2003), der Deutsche Nationalpreis (2009), der Lessing-Preis des Freistaats Sachsen (2011) und der Ida-Dehmel-Literaturpreis (2017). Bei Hoffmann und Campe erschienen zuletzt die Erzählung *Bonnie Propeller* (2020), der Essayband *Was ist eigentlich los?* (2021), *Essays und Briefe* (2022) und die Erzählung *Krähengekrächz* (2023).